I0551301

Ie   2580g

LES
CONQUÊTES
DE L'HOMME
SUR LA NATURE.

Y^t Lebrun

NOTE DES ÉDITEURS.

Cette *belle Ode est un Poëme terminé par un magnifique épisode. L'auteur a trouvé le secret de renfermer dans un cadre extrémement étroit toutes les découvertes du génie; il les a graduées d'une manière aussi rapide que sublime. Ce sujet est entièrement neuf; les difficultés dont il était hérissé, n'ont point effrayé le Pindare français, qui a voulu prouver la vérité de ce qu'il avait déjà dit si heureusement,* que la Difficulté était une dixième Muse. *Je pense que son Ode est un argument sans replique.*

LES
CONQUÊTES
DE L'HOMME
SUR LA NATURE,
ODE
EN TRENTE-SIX STROPHES,
PAR M. LEBRUN,

Membre de l'Institut et de la Légion d'honneur.

A PARIS,

Chez GUYON, MAISON et GERVAIS, Editeurs de
l'Encyclopédie des Dames, rue Vieille - du -
Temple, N°. 47.

M. DCCC VI.

LES

CONQUÊTES

DE L'HOMME

SUR LA NATURE.

Disparais, limite insensée,
Qu'au noble essor de la pensée
Oppose un vulgaire odieux !
Il est de nouvelles conquêtes ;
Il est des palmes toujours prêtes
Pour le génie audacieux.

Pareille à la poudre guerrière,
Tout-à-coup rompant la barrière
Des inaccessibles remparts,
Sans cesse, ô divine Uranie !
La force active du génie
Recule la borne des Arts.

A 3

Marchons sous ses nobles auspices ;
Osons tenter ses précipices ;
Son danger même a des appas.
Il n'est point d'art qu'il ne découvre ,
Il n'est point de sentiers qu'il n'ouvre
Aux mortels qui suivent ses pas.

Les bois avaient conquis la terre ,
Leurs monstres nous faisaient la guerre ,
Et le Roi du monde a rampé ;
Mais au caillou qui la recèle
Il ravit l'heureuse étincelle
Qui lui rend ce globe usurpé.

Les bois , les monstres reculèrent ;
Les doux asyles s'élevèrent ;
La faim n'eut plus de mets sanglant ;
Et , sous le nom de Triptolême ,
Le génie inventa lui-même
L'art qui fit oublier le gland.

Son expérience fertile
Dans une herbe autrefois stérile
Surprit le germe des moissons :
Oui , Cérès est fille de l'homme ,
Et du grain qu'Eleusis renomme
Lui seul a doré nos sillons.

Il impose au coursier sauvage
Le frein d'un utile esclavage :
Le bœuf féconde ses guérêts :
Et , pour fendre le sein des ondes ,
Changés en barques vagabondes ,
Les sapins quittent leurs forêts.

Son art , sur des voûtes solides ,
Traverse des fleuves rapides ;
Les monts altiers sont applanis ;
Et par une route nouvelle ,
A travers les flancs de Cybelle ,
Les deux Neptunes sont unis.

C'est peu de l'antique merveille
Des sons qui peignent à l'oreille
L'âme invisible en notre sein :
Par lui la parole est tracée ,
Il éternise la pensée
A l'aide d'un mobile airain.

Il lit sur le front des étoiles ,
Il emprisonne dans ses voiles
Eole aux souffles inconstans.
L'heure même , si fugitive ,
Vient , dans un or qui la captive ,
Lui révéler les pas du tems.

A son gré le marbre respire ;
La toile pleure, ou va sourire
Sous des pinceaux ingénieux ;
Il chante, et ma lyre qu'il aime
Soumet le tems et la mort même
A son empire harmonieux.

Par une savante culture,
Il semble inventer la nature ;
Il dompte l'air et les climats :
Aux yeux étonnés de Pomone,
L'arbre, avec orgueil, se couronne
Des fruits qu'il ne soupçonnait pas (1).

Ici, l'homme (2), ceint du scaphandre,
Franchit, plus heureux que Léandre,
La surface des flots mouvans :
Là, plongeant jusqu'aux Néréïdes,
Même au fond des tombeaux liquides
Il imprime ses pas vivans (3).

Le Batave à son industrie
Osa devoir une Patrie
Conquise sur les champs amers :
C'est-là qu'il fonde sa fortune,
Et dort, en dépit de Neptune,
Où nageaient les monstres des mers.

FRANKLIN a pu dire au tonnerre :
« Cesse d'épouvanter la terre ;
» Descends de l'Olympe calmé ! »
Soudain la foudre obéissante
A reconnu sa voix puissante ,
Et Jupiter fut désarmé.

Renommée , abaisse tes ailes ,
Ferme tes bouches infidelles ,
Cesse tes rapports indiscrets ;
Vois cette active vigilance
Des signaux (4) qui , dans le silence ,
Vont saisir au loin tes secrets.

Quelle nuit rend mon vol timide ?
Quelle ombre jalouse et perfide
M'a du jour noirci les rayons ?
Traînant une vie importune ,
Je plaignais l'aveugle infortune
Des Homères et des Miltons.

O lyre , ne sois pas ingrate !
Qu'un doux nom dans nos vers éclate
Brillant comme l'astre des cieux !
Je revois sa clarté première ;
Chante l'art qui rend la lumière ;
Forlenze (5) a dévoilé mes yeux.

Que vois-je ? ô merveille suprême !
Un air plus léger que l'air même
Ravit l'homme au ciel le plus pur :
La Seine , en frémissant, admire
Le cours de ce premier navire
Qui des airs fend le vaste azur.

Ah ! ne viens point , Raison barbare ,
Fière de la chûte d'Icare ,
Glacer nos Dédales français !
Ce n'est point à toi de connaître
Les prodiges qui doivent naître
De ces mémorables essais.

Dût l'aigle nous prêter ses ailes ,
Pour vaincre les autans rebelles ,
Et franchir les champs étoilés ,
Albion verra sur ses côtes
De nos célestes Argonautes
Descendre les vaisseaux aîlés.

Emu d'une crainte importune ,
C'est déjà trahir la fortune
Qu'en avoir lâchement douté.
L'audace enfante des miracles ;
Rien ne peut vaincre les obstacles
Qu'une sage témérité.

    Jadis un vulgaire crédule
Rêva les colonnes d'Hercule,
Ces bornes du monde et des mers :
« Et moi , dit un Homme intrépide ,
» Au delà du gouffre liquide
» Je vous jure un autre univers.

    » Cet astre est le Dieu que j'atteste!
» Il voit, dans sa route céleste,
» Les climats promis à nos vœux.
» Suivez-moi donc, troupe vaillante !
» Quelle conquête plus brillante !
» Je donne un monde à vos neveux.

    » Plus immortels que ces Achilles ,
» Fiers conquérans de quelques villes ,
» Votre nom ne saurait périr.
» Amis ! que l'ombre d'Alexandre
» Désormais frémisse d'apprendre
» Qu'il fut un monde à conquérir.

    » Castillans nés pour la victoire ,
» Si ce n'est assez de la gloire ,
» Cet inestimable trésor,
» Volez où les dons les plus rares
» Lassent les mains les plus avares;
» Plongez-vous aux sources de l'or. »

A ces mots qu'applaudit Eole,
Déployant la voile espagnole,
S'élança des bords de Palos
Ce Génois, heureux téméraire,
Certain du nouvel hémisphère
Qui l'attend au delà des flots.

Emportés sur les mers profondes,
La voûte du ciel et des ondes
Déjà se confond à leurs yeux :
Dans ces abîmes du silence
Tout-à-coup une terre immense
S'élève entre l'onde et les cieux.

L'autre hémisphère se révèle ;
O Colomb! une autre Cybèle
Court au-devant de tes vaisseaux.
Et toi, si long-tems ignorée,
De tes vastes bois entourée,
Amérique, tu sors des eaux.

Que dis-tu quand tu vis éclore
Du berceau vermeil de l'aurore
Ces vainqueurs des flots et des airs,
Armés de foudres éclatantes,
Citoyens de villes flottantes,
Qui semblaient nager sur les mers ?

Cependant, ô joie imprévue !
Toi-même offrais à notre vue
Tes bords , tes métaux radieux ,
Et ces nouveaux fils de la terre ,
Venant rendre hommage au tonnerre
Qu'ils croyaient lancé par les Dieux.

Au fatal aspect de nos armes ,
Tes Dieux vaincus jètent des larmes ,
Tes yeux tremblans sont éblouis ;
Le vaste écho de tes rivages
S'étonne , en ses grottes sauvages ,
D'entendre des sons inouis.

Ces bronzes tonnans qui rugissent,
Ces coursiers fougueux qui bondissent,
Ce fer qui luit dans les combats ,
Cet art de carnage et de gloire ,
Sous le nom pompeux de victoire ,
Usurpe ces heureux climats.

Telle qu'en sa course effrayante ,
Une comète foudroyante ,
Au sein des airs épouvantés ,
Choquerait de son front terrible
L'astre bienfaisant et paisible
Que parent ses feux argentés.

Tels au sein du liquide abime,
Deux mondes, quel instant sublime,
S'entrevirent avec effroi;
L'un paré d'or et d'innocence,
L'autre armé de fer, de vengeance,
Et tous deux ont l'homme pour Roi.

O Terre, assemble ta famille;
Cesse enfin de chercher ta fille,
Dont Neptune fut ravisseur.
L'Europe, et l'Asie, et l'Afrique,
Aux bornes de l'onde atlantique,
Ont trouvé leur dernière sœur.

N O T E S.

(1) *La Greffe.*

(2) *L'abbé de la Chapelle.*

(3) *Coox.*

(4) *Le Télégraphe.*

(5) *Célèbre Oculiste.*

65

www.ingramcontent.com/pod-product-compliance
Lightning Source LLC
Chambersburg PA
CBHW061742180626
46818CB00006B/2714